W0203264

Patricia Highsmith
Zeichnungen

Ausgewählt und
herausgegeben von
Daniel Keel
Mit einem Vorwort
der Autorin
und einer
biographischen
Skizze von
Anna von Planta

Diogenes

Preisreduziertes
Mängelexemplar

Alle Rechte vorbehalten
Copyright © 1995
Diogenes Verlag AG Zürich
50/95/6/1
ISBN 3 257 02051 1

Meine Zeichnungen

Warum sollte es erstaunlich sein, daß viele Schriftsteller gerne zeichnen oder bildhauern? Vielleicht versuchen sich einige hie und da auch im Komponieren. Alle Künste sind eins, und jede Kunst – auch das Ballett – ist ein Mittel, Geschichten zu erzählen. Auch ein Bild erzählt eine Geschichte. Der Schriftsteller übt sich in der spezifischen Kunst, Geschichten zu erzählen, große und kleine. Der ganze Prozeß kann Kommunikation genannt werden, der Wunsch und das Bedürfnis, sich dem Publikum, einem Freund mitzuteilen. Wozu dafür schwülstige Worte gebrauchen oder eine ganze Psychoanalyse beginnen? Jedes Kind weiß, was eine Geschichte ist; und ein Kind, das keine Hemmungen hat, brennt darauf, eine zu erzählen. Wenn die Geschichte nicht »stimmt«, heißt es, das Kind lügt, weil es darauf besteht, daß seine Geschichte wahr sei. Doch ein paar Augenblicke lang, während die Erwachsenen lauschen, erzählt das Kind nicht nur, es unterhält seine Zuhörer auch.

Der Schriftsteller muß seine Geschichten sowohl erleben als auch genießen können. Das ist Lüge in organisierter, bewußter Form – wie sämtliche Künste.

Ich befasse mich lieber mit der helleren Seite der künstlerischen Nebenbeschäftigung, wie Zeichnen und Malen. Meine eigenen Werke nehme ich nicht ernst. Ich habe nie richtig Malen gelernt. Es macht mir Spaß, wenn mir ein Bild gelingt; und wenn es einem Freund oder einer Freundin gefällt, sage ich: »Wenn du magst, kannst du es haben.«

Zeichnen, Malen, Modellieren – in meinem Fall auch Tische oder sonst etwas aus Holz machen – bedeutet, daß man eine Weile lang in einem anderen Element lebt. Für den Schriftsteller ist die Kunst des Malers etwas ganz anderes, Wunderbares: Ein Bild kann gesehen und im Nu erfaßt und verstanden werden, während es bei einem Buch oder einer Kurzgeschichte viel länger braucht: Ich habe große Ehrfurcht vor Malern und Komponisten, weil ich oft denke, daß jeder – oder doch fast jeder – eine Kurzgeschichte schreiben kann.

Patricia Highsmith

CAFIASPIRINA

Los Castillo
Casa Chiquita

SCHMUTZ

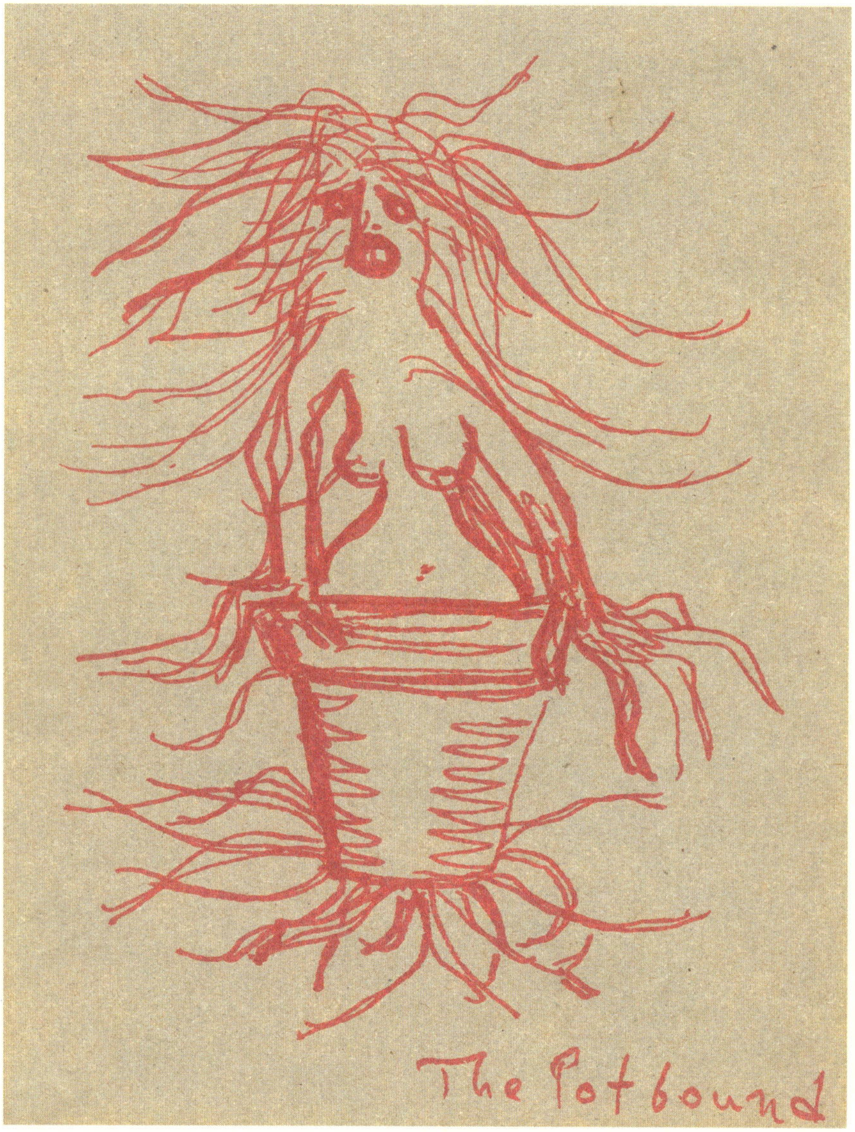
The Potbound

Portrait of Pip as
young Constantine
P. Highsmith

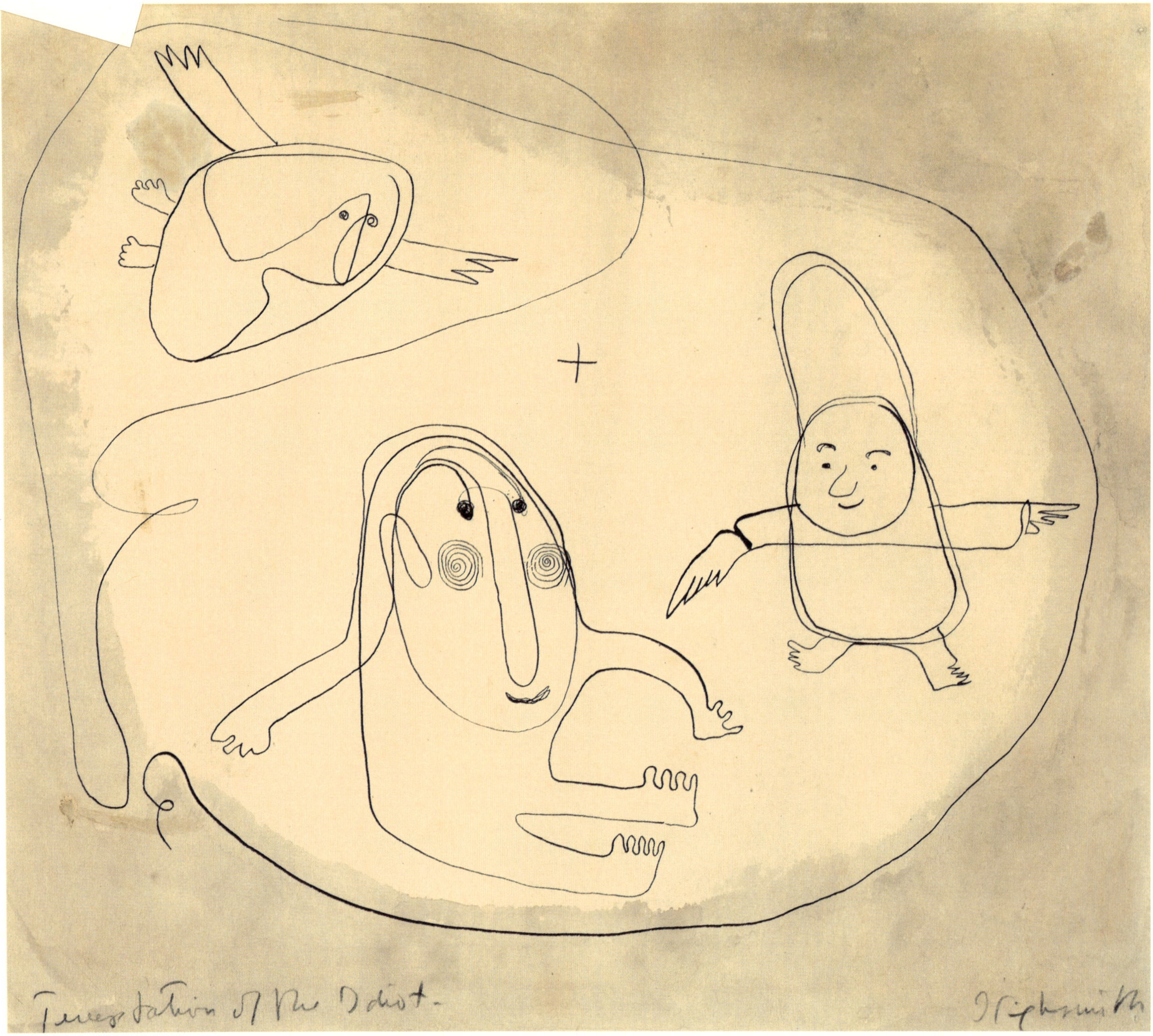
Temptation of the Idiot.
Highsmith

HOLZHAUSEN
NACH
OBERAMBACH
AMBACH

P. Highsmith
Long Island

P. Highsmith
Taxco – 1955

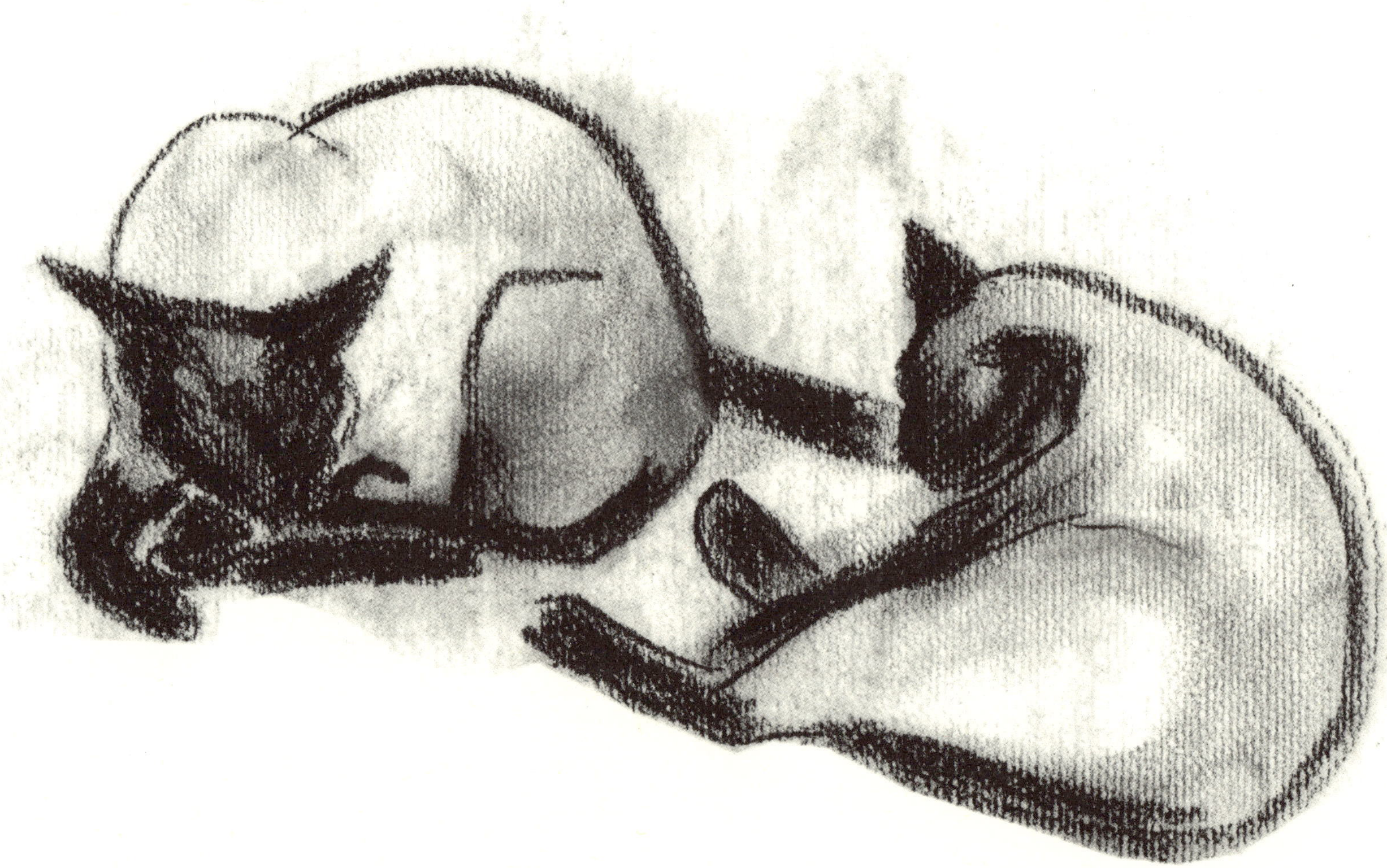

Paris '62

View from
21 Rue du Bac
10.22.59

Apr. 23.61

VENEZIA

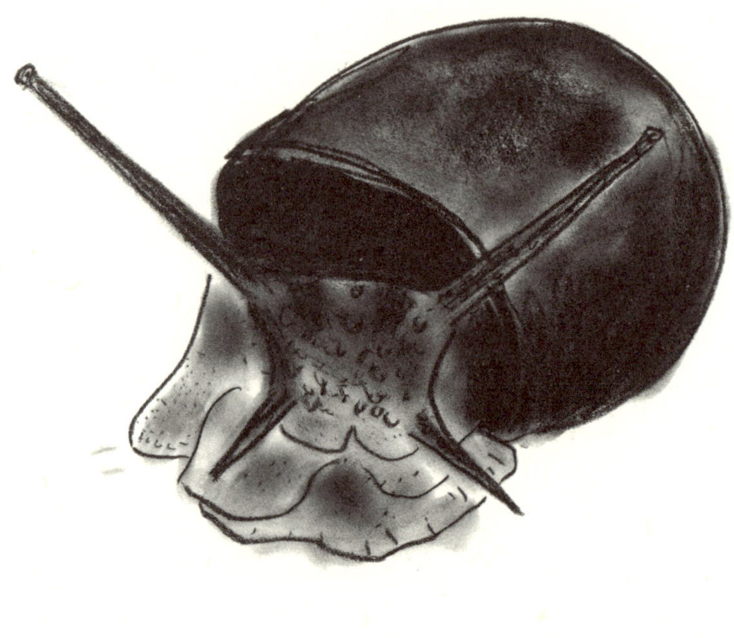

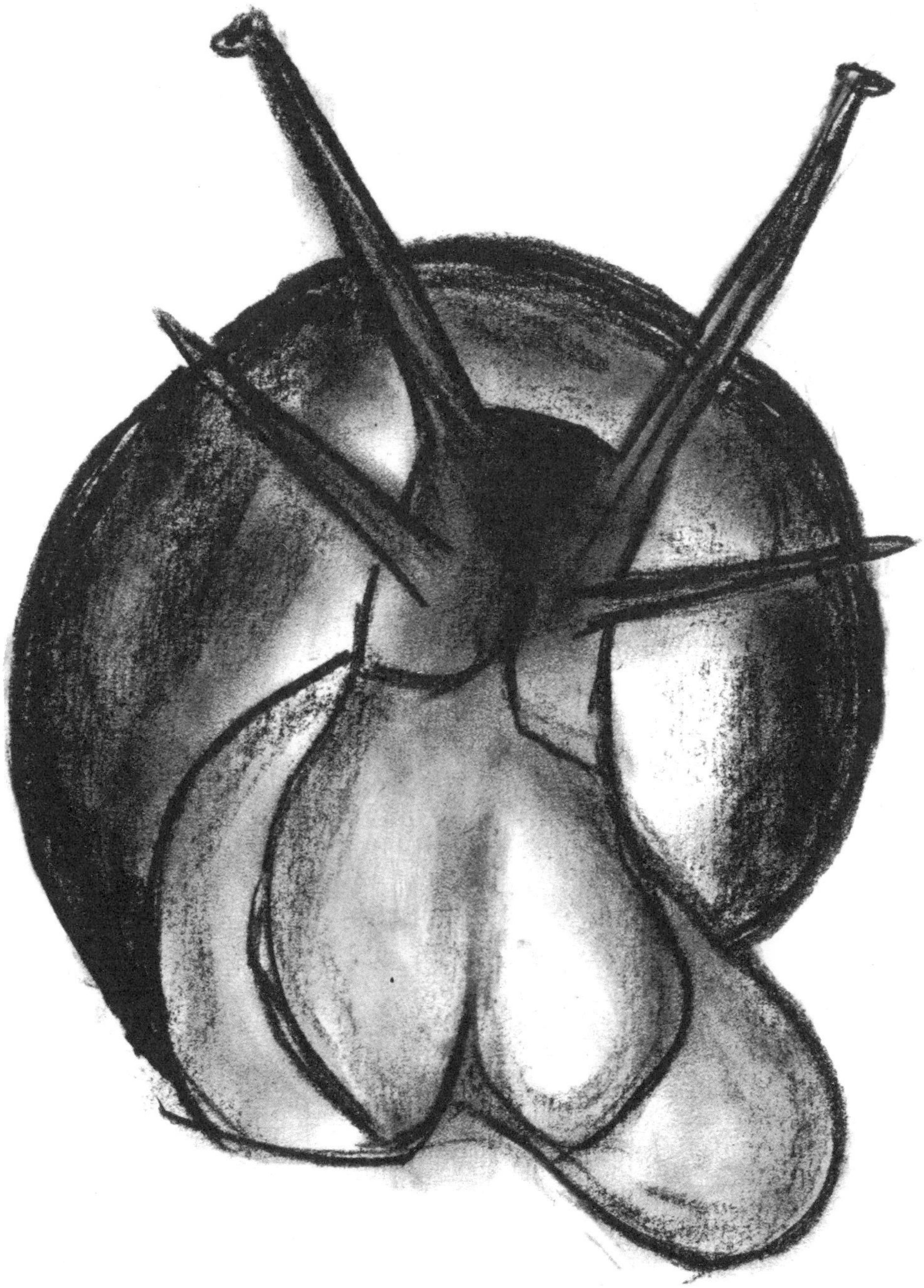

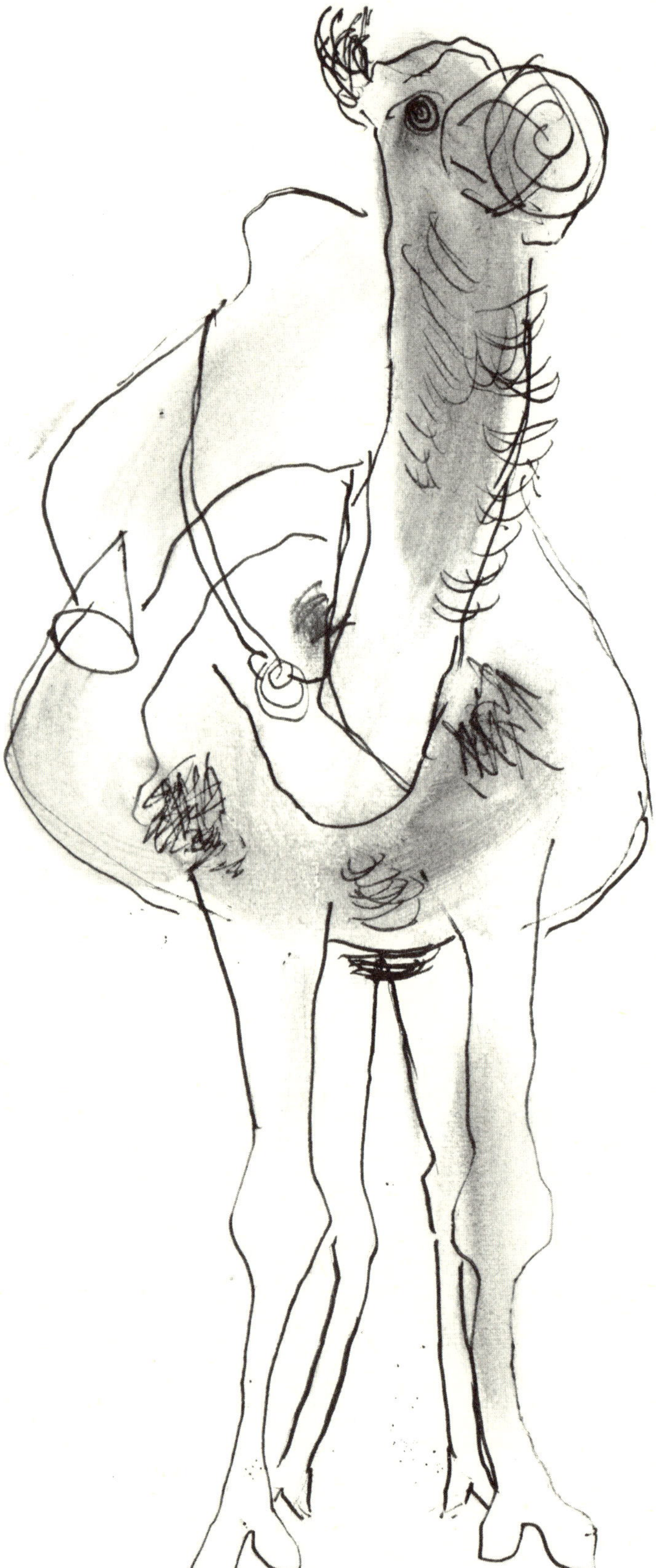

Jardin
Ham.
PAPIER

Patricia Highsmith
Ein Leben in Bildern

Tegna, Ende Dezember 1994: Anläßlich eines der letzten Besuche ihres langjährigen Verlegers Daniel Keel wenige Wochen vor ihrem Tod am 4. Februar 1995 im Tessin bedeutet Patricia Highsmith ihm mitzukommen, sie wolle ihm etwas zeigen. Sie führt ihn zu einer Truhe im Wohnzimmer, räumt den Deckel frei, öffnet sie. Darin liegen, in Mappen, Hunderte von Zeichnungen, Aquarellen und Gouachen. Ergänzt werden sie durch 38 Cahiers (zumeist DIN-A4) mit vielen Zeichnungen sowie über 50 kleine Spiralskizzenblocks, die Patricia Highsmith immer begleitet hatten.

Um das Außergewöhnliche dieser Geste und dieses Moments zu verstehen, muß man sich vergegenwärtigen, daß die Schriftstellerin ein Leben lang jedem die Tür gewiesen hatte, der in ihr Privatleben einzudringen versuchte, und Ausstellungen oder Veröffentlichungen ihrer Zeichnungen meistens ablehnte. Nun hatte also die Malerin Patricia Highsmith beschlossen, den Schleier, der über ihrer Biographie lag, zu lüften. Der vorliegende Band legt nicht nur Zeugnis ab über eine ein Leben lang gepflegte, nur wenigen Eingeweihten bekannte zweite künstlerische Ausdrucksform; vom Herausgeber mit Hilfe Patricia Highsmiths chronologisch gegliedert, zeigt er auch »ein Leben in Bildern«, die privaten Stationen eines Menschen, der jegliche Vorstöße in Richtung (Auto-)Biographie immer unterbunden hatte. Je nach Ort, Zeit und Stimmung mal romanhaft breit und farbig, mal mit detailfreudigem, dann wieder mit fast geometrischem Strich oder, wie ihre knappen Erzählungen, sparsam und fast karikaturistisch, zeichnete Patricia Highsmith in der kreuz und quer bereisten Welt die Menschen und Orte, die sie liebte und die in ihrem Leben und in ihrem schriftstellerischen Werk eine Rolle spielten.

In den Cahiers der Schriftstellerin finden sich neben Schilderungen von persönlichen Begegnungen, Städten, Landschaften, Parties, erste Fassungen von Romanen und Erzählungen, Träumen, Buchideen und philosophischen Betrachtungen auch ausgearbeitete Aquarelle und Federzeichnungen oder schnell hingeworfene Bleistift- und Kugelschreiberskizzen: links Text, rechts Bild, ein gleichwertiges, doppeltes Festhalten des schnell wechselnden Raums, der intensiv gelebten Zeit.

1978 in Lleida/Spanien, als Patricia Highsmith das einzige Mal öffentlich auf ihre Biographie zu sprechen kommt, sieht sie ihren Werdegang ganz im Zeichen ihrer Doppelbegabung:

Geboren bin ich 1921 in Texas, nicht auf einer Ranch, sondern in einer zweistöckigen Villa in Fort Worth. Als ich zwei oder drei Jahre alt war, brachte mir meine Großmutter das Lesen bei, überhaupt verbrachte ich mehr Zeit mit ihr als mit meiner Mutter, die als freiberufliche Graphikerin viel unterwegs war. Sie ließ sich kurz vor meiner Geburt scheiden und heiratete wieder, als ich drei war. Als ich sechs war, holten mich meine Mutter und mein Stiefvater nach New York, wo ich zur Schule ging und studierte. Mit 21, als ich meinen Abschluß am Barnard College der Columbia University machte, beziehungsweise eigentlich schon mit 17, war ich zwischen Schreiben und Malen hin und her gerissen. Mein Vater war Typograph, technischer Zeichner und Graphiker, mein Stiefvater ebenso, und meine Mutter Modezeichnerin, und ich wuchs umgeben von Malfarben und mit Terpentingeruch in der Nase auf. Ich habe selbst viel gezeichnet und zwischen 16 und 20 viele Holzskulpturen geschnitzt. Ich weiß nicht, warum das Schreiben schließlich die Oberhand gewann. Mein erster Job? Als 21jährige in Manhattan wollte ich in erster Linie meine Freiheit, ein eigenes Zimmer und weg sein von zu Hause. Eine Woche nach der Schlußfeier an der Universität hatte ich meinen ersten, wenn auch nicht sehr anspruchsvollen Job, zog zu Hause aus und in ein möbliertes Zimmer ohne Küche und mit einem Gemeinschaftsbad auf dem Gang. Einen Monat hielt ich es aus, dann meldete ich mich auf die Annonce eines New Yorker Büros hin, das einen Redakteur suchte – ich dachte, es wäre einen Zeitung, in Wirklichkeit war es aber ein Comic-Verlag. Ich wurde sofort eingestellt, für eine 21jährige Collegeabgängerin kein schlechter Anfang.

Comics waren damals billig hergestellte Hefte von dreißig Seiten mit Helden wie Superman und Captain Marvel, die ihre Widersacher Woche für Woche auf 10 Seiten zur Strecke brachten. Einige dieser Serienhelden waren auch regelrecht komische Figuren, und ich saß täglich meine acht Stunden im Büro und schrieb Fortsetzungen, in denen Raumfähren vorkamen und Raketen, mit denen man mindestens soviel, wenn nicht mehr anstellen konnte als mit den heutigen.

Das Lieblingsbuch der Neunzehnjährigen in der elterlichen Bibliothek ist *Die Anatomie des Menschen*, eine Anleitung zum Aktzeichnen; während der Highschool belegt Patricia Highsmith als einziges Mädchen einen Kurs in Kunsttischlern, danach, 1938, einen Kurs in Aktzeichnen; ansonsten ist die Linkshänderin Autodidaktin. Ihre ersten Kurzgeschichten, die sie während ihres Literatur- und Zoologiestudiums zwischen 1939 und 1942 im ›Barnard Quarterly‹ veröffentlicht, erscheinen meistens »mit Zeichnungen der Autorin«.

Im Dezember 1943 reist sie mit dem als Comictexterin verdienten Geld nach Mexiko und mietet in der improvisierten Künstlerkolonie Taxco ein Häuschen, die Casa Chiquita. Tagsüber malt und zeichnet sie bei dem »schwierigen« gleißenden Licht, das »zuviel enthüllt«, »übertriebene Farben« hervorbringt und den Bildern »die Tiefe nimmt«; abends schreibt sie ihren ersten Roman, den sie nach sechs Monaten und dreihundert Seiten abbricht; nachts feiert und diskutiert sie mit ihren Maler- und Schriftstellerfreunden und -freundinnen. Im Frühling 1944 kehrt Highsmith mit vollen Skizzen- und Notizbüchern in ihre Einzimmerwohnung in der 56th Street in New York zurück und will beides werden: Schriftstellerin *und* Malerin, und sie will von beidem gut leben. Bis 1949 muß sie sich allerdings noch als Comictexterin durchbringen und kann weiterhin nur abends und an den Wochenenden malen und schreiben. Sie fährt wiederholt nach Fort Worth, zeichnet ihr Geburtshaus und auch die Hütten in der »Negro Alley« am Ende des Gartens, die die Großmutter an Schwarze vermietet; Weihnachten verbringt sie in ihrer Wohnung mit dem selbstgemalten Trompe-l'œil-Kamin und den gekreuzten Degen darüber, die sie mit 13 gekauft hat und die sie ein Leben lang überallhin begleiten; sie zeichnet ihre Freunde und Freundinnen Jane und Paul Bowles, Allela Cornell (die ihrerseits von Patricia Highsmith ein Ölporträt malt), Ann Smith, Jeanne Taylor, Lil Picard und Ellen Hill, und sie schreibt einen zweiten (verschollenen) Roman »im Stil Marcel Prousts«, den sie bewundert und kritisiert. Von 1946 bis 1948 pendelt Patricia Highsmith zwischen New York, Texas und New Orleans und beginnt ihren dritten Roman, *Zwei Fremde im Zug*, den sie in der Künstlerkolonie Yaddo bei Saragota

Springs/New York fertigschreibt und der sie sofort weltberühmt macht, zumal Alfred Hitchcock eine Woche nach Erscheinen des Buches die Filmrechte erwirbt. Mit Hitchcocks Geld in der Tasche bereist sie 1949 auf den Spuren ihres literarischen Vorbildes Henry James Europa: London, Oxford, Stratford-upon-Avon, Italien, Paris; ihre Zeichnungen spiegeln das vielerorts zerstörte Nachkriegseuropa, gesehen mit den Augen einer Amerikanerin.

1951, nachdem sie ein Jahr lang durch Amerika gereist ist, kehrt sie nach Europa zurück, im Mai ist sie in Rom, im August in Ambach bei München; 1952, vom Fenster des Hotels Miramare in Positano aus, sieht sie um sechs Uhr früh, einer Vision vergleichbar, einen jungen Mann am Strand spazieren, der aus der Ferne wie ein etwas verlorener Amerikaner wirkt: die Figur Tom Ripley ist geboren.

Die Jahre 1953 bis 1961 verbringt Patricia Highsmith zwischen Massachusetts, Pennsylvania (Schauplatz ihres Romans *Ediths Tagebuch*), Palisades und Mexiko. 1958 erscheint das von ihr gezeichnete und zusammen mit Doris Sanders getextete Kinderbuch *Miranda the Panda is on the Veranda*. 1963 kauft sie ein Cottage in Suffolk/Südengland, Schauplatz ihres dort innerhalb von sechs Monaten niedergeschriebenen Romans *Der Geschichtenerzähler*; begleitet wird sie wie immer von ihren Katzen, zu diesem Zeitpunkt Daisy Cheyne und Semyon alias Sammy. Hier entstehen auch *Die gläserne Zelle* und *Die zwei Gesichter des Januars*, und hier züchtet und beobachtet sie Schnecken, wie der Held ihrer berühmtesten Erzählung *Der Schneckenforscher*, die ihr Graham Greenes lobendes Prädikat »Dichterin der unbestimmten Beklemmung« einbringt.

Das Venedig ihrer Zeichnungen von 1962 und 1965 ist das heitere Pendant zu der bedrohlichen »schwimmenden Stadt« in *Venedig kann sehr kalt sein*, dessen Held Roy Garrett wie seine Schöpferin in der Pensione Seguso wohnt, wo ihn sein rachgieriger Schwiegervater aufspürt und in den Wahnsinn treibt. Die Hammamet-Zeichnungen von 1966 dagegen sind die äußere Kulisse für die sich fast ausschließlich im Kopf des Helden abspielende (Mord-)Handlung in *Das Zittern des Fälschers*, Patricia Highsmiths Lieblingsroman, für den sie vor Ort recherchierte. 1988, als die zeitlich letzte Zeichnung dieses Bandes – das friedlich blickende Kamel (in der Nähe von Tanger?) – vermutlich entstand, schrieb Patricia Highsmith ihre *Katastrophengeschichten*.

»Bilderbücher« – so werden Patricia Highsmiths Romane und Erzählungen aufgrund der mit wenigen Worten skizzierten Handlungen oft genannt, in die der Leser seine eigenen Ängste und Mordgedanken projizieren kann. Zeichner, Maler, Bilderfälscher, Kunstkenner, Galeristen und Bildhauer sind die meisten ihrer Helden, die die Autorin dem Leser immer zuerst durch deren Werke vorstellt. Und mit der Malerei setzt sich Highsmith Ende der achtziger Jahre auch in ihren Essays auseinander, so u. a. mit Van Gogh und Cézanne.

Zeichnen und Schreiben als zwei verschiedene Konfrontationen mit der Realität: Pats Freunde überliefern eine Auseinandersetzung zwischen Highsmith und ihrer Mutter, die ihr vorwirft, sie flüchte sich in ihre Schriftstellerei und sehe den Dingen nicht ins Auge. Die 26jährige Pat kontert, es gehe nicht nur darum, die Welt, wie sie sich frontal darbiete, zu sehen, sondern sie auch »sideways«, schräg von der Seite, zu betrachten. Mit den Zeichnungen bannt die »manische Beobachterin« (Gabriele Wohmann) die Welt, wie sie sich darbietet. Schreibend sieht Patricia Highsmith »sideways« hinter die Fassade und leuchtet die Innenräume ihrer Helden aus.

Kunst, so hat die Schriftstellerin in Interviews wiederholt zu Protokoll gegeben, sei eine Möglichkeit, die Realität auszuhalten, sie zu kontrollieren. Ganz offensichtlich meinte und brauchte sie dazu beides: Malen und Schreiben.

Umschlag Sammy by Sammy. Earl Soham, Suffolk
1967 Kohle auf Papier 23,4×31,4 cm

Frontispiz Ohne Titel [Selbstporträt]
Undatiert [vermutlich ca. 1940] Tusche (Pinsel) auf Papier

Seite 6 I absolutely loathe posing – Tina
1954 Tusche (Feder) auf Papier 25,9×20 cm

7 Imaginary House
Undatiert Tusche (Feder) auf Papier 28,3×22,7 cm

8 Ft. Worth, Texas
1944 Tusche (Feder) auf Papier 29,8×45,3 cm

9 Ft. Worth – Negro Alley
1944 Tusche (Feder) auf Papier 29,8×45,3 cm

10 Ft. Worth Garden
1944 Tusche (Feder) auf Papier 29,8×45,3 cm

11 Ft. Worth
1944 Aquarell auf Papier 29,8×45,3 cm

12 Ft. Worth – Back Porch
1944 Tusche (Feder) mit farbiger Kreide, auf Papier 29,8×45,3 cm

13 Christmas – NYC
1944 Tusche (Feder) auf Papier 24,7×19,5 cm

14 Marcel Proust Examining Own Bathwater
Undatiert Tusche (Feder) auf Papier 12,9×14,7 cm

15 Ohne Titel
Undatiert Tusche (Feder) auf Papier 25,9×21,6 cm

16 Taxco
1944 Sepia (Feder) auf Papier 13,9×40,6 cm

17 Mexico
1944 Tusche (Feder, aquarelliert) auf Papier 32,1×49,6 cm

18 My rented cottage in Taxco, Los Castillo Casa Chiquita
1944 Tusche (Feder) auf Papier 40,6×37,4 cm

19 Taxco, Santa Prisca Cathedral
1944 Tusche (Feder) auf Papier 22,9×17,7 cm

20 Acapulco
1944 Aquarell auf Papier 35,2×42,7 cm

21 New Orleans. En Route to Esplanade Ave. 2nd Floor Rear
1946 Tusche (Feder) auf Papier 30×22,7 cm

22 Cafe du Monde, French Market
1946 Tusche (Feder) auf Papier 22,7×30 cm

23 St. Peter's New Orleans
Undatiert [ca. 1945–48] Tusche (Feder) auf Papier 43,2×35,2 cm

24 New Orleans
1946 Tusche (Feder) auf Papier 24,8×17,1 cm

25 Negro House New Orleans
1946 Tusche (Feder) auf Papier 28,4×22,6 cm

26 Yaddo, Saratoga Springs (N.Y.)
Undatiert [vermutlich 1948] Tusche (Pinsel) auf Papier 30,4×22,5 cm

27 Yaddo, Saratoga Springs (N.Y.)
1948 Tusche (Pinsel und Feder) auf Papier 30,4×22,5 cm

28 Ohne Titel [vermutlich New York, Central Park]
1947 Tusche (Feder) auf Papier 20,3×25,3 cm

29 Tva [?] – NY
1949 Tusche (Feder) auf Papier 25,8×19,8 cm

30 Ohne Titel
1949 Kohle auf Papier 19,1×25,8 cm

31 Ohne Titel
Undatiert Rötel auf Papier 47,6×34,1 cm

32 The Potbound
Undatiert Tusche (Pinsel) auf Papier 27,9×21,6 cm

33 Portrait of Pip as Young Constantine
Undatiert Tusche (Feder, laviert) auf farbigem Bütten 29,7×25,4 cm

34 Brainstorm – or Rural life in New Hampshire (sig. P. Highsmith/Allela Cornell)
Undatiert [vermutlich Anfang 40er Jahre] Tusche (Feder) auf Papier 28×20 cm

35 Departure
1948 Aquarell auf Papier 38,5×31,6 cm

36 Stanley Highsmith
ca. 1948 Tusche (Feder) auf Papier 28×21,7 cm

37 Selbstporträt New Orleans
1946 Tusche (Feder) auf Papier 30,2×22,6 cm

38 Temptation of the Idiot
Undatiert Tusche (Feder, laviert) auf Papier 21,4×25,6 cm

39 Ohne Titel
Undatiert Schwarze Kreide, weiß gehöht, auf farbigem Bütten 44,5×30,2 cm

40 Jeanne Taylor
1948 Tusche (Pinsel und Feder) auf Papier 38,1×25,7 cm

41 Lil Pacard
1949 Tusche (Feder) auf Papier 25,8×19,5 cm

42 Huey [?] Long Rohrbacher, Jackson Park
1946 Tusche (Feder) auf Papier 30,2×22,6 cm

43 La Neurotica Etiolata
1949 Gouache auf Papier 35,8×28,4 cm

44 Ohne Titel [vermutlich Jeanne Taylor?]
1949 Tusche (Feder) auf Papier 25,8×19,6 cm

45 Ohne Titel
Undatiert Tusche (Feder, aquarelliert) auf Papier 35,5×45,7 cm

46 Jane Bowles [rechts]
1949 Tusche (Feder) auf Papier 23,2×30,5 cm

47 Ohne Titel [vermutlich Jane und Paul Bowles]
1949 Tusche (Feder, laviert) auf Papier 23,2×30,5 cm

48 Ann Smith
1949 Tusche (Feder) auf Papier 19,6×25,8 cm

49 Porträt Ann Smith
1949 Kohle auf Papier 25,8×19,6 cm

50 Ohne Titel
Undatiert Mischtechnik 42,9×35,6 cm

51 Ohne Titel
Undatiert Tusche (Feder, aquarelliert) auf Papier 23,2×30,6 cm

52 Siegestor München
Undatiert Tusche (Feder, aquarelliert) auf Papier 21,3×15,1 cm

53 Corner Schmeling München (Little Stores)
Undatiert [entweder 1949 oder 1951] Tusche (Feder, aquarelliert) auf Papier 15,1×21,3 cm

54 Ohne Titel
1951 Tusche (Feder) auf Karton
15,9 × 14,7 cm

55 Munich – across the street
Undatiert [entweder 1949 oder 1951]
Tusche (Feder, aquarelliert) auf Papier
30,4 × 24,7 cm

56 Salzburg
Undatiert [vermutlich 1951] Tusche
(Feder, aquarelliert) auf Papier
17,2 × 24,4 cm

57 Castello Este Ferrara
Undatiert [vermutlich 1952] Tusche
(Feder, aquarelliert) auf Papier
31,5 × 46,1 cm

58 Roma
Undatiert [vermutlich 1949 oder 1952]
Tusche (Feder, aquarelliert) auf Bütten
35,3 × 25,3 cm

59 Roma
Undatiert [vermutlich 1949 oder 1952]
Tusche (Feder, aquarelliert) auf Bütten
36,9 × 27 cm

60 Roofs – Rome
Undatiert [vermutlich 1949, 1951 oder
1952] Tusche (Feder) auf Papier
24,7 × 30,5 cm

61 Roma
Undatiert [vermutlich 1949, 1951 oder
1952] Tusche (Feder, aquarelliert) auf
Papier 24,5 × 32,1 cm

62 Positano [vermutlich Blick aus dem Hotel Miramare]
Undatiert [vermutlich 1952] Tusche
(Feder, aquarelliert) auf Papier
35,3 × 25,3 cm

63 Positano
Undatiert [vermutlich 1952] Tusche
(Feder, aquarelliert) auf Papier
17,2 × 24,5 cm

64 Positano [vermutlich Blick aus dem Hotel Miramare]
Undatiert [vermutlich 1952] Tusche
(Feder, aquarelliert) auf Papier
25,2 × 35,3 cm

65 Spoleto
Undatiert [vermutlich 1952] Tusche
(Feder, aquarelliert) auf Papier
25,2 × 35,4 cm

66 Firenze, Italia. Arebor Multicoati Florentiensis H[...?] [vermutlich Pensione Bertolini]
Undatiert [vermutlich 1949 oder 1952]
Tusche (Feder) auf Papier 30 × 24,6 cm

67 Florence – a window
Undatiert [vermutlich 1949 oder 1952]
Tusche (Feder) auf Papier 30,4 × 24,7 cm

68 View Sagrado corazón Barcelona
Undatiert [vermutlich 1953] Tusche
(Feder, laviert) auf Papier 19,8 × 30,4 cm

69 Torremolinos
1953 Aquarell auf Papier 30,4 × 46,1 cm

70 Gibraltar
1953 Tusche (Feder) auf Papier
17,1 × 24,8 cm

71 Palma de Mallorca. Another View
Undatiert [vermutlich 1952] Tusche
(Feder, laviert) auf Papier 21 × 26,2 cm

72 E. B. Hill
ca. 1954 Tusche (Feder, laviert)
auf Papier 21 × 24,9 cm

73 Ohne Titel
Undatiert Kohle auf farbiger Leinwand
22,8 × 30,5 cm

74 Palisades, N.Y. Light Snow Falling Dec. 29.56
1956 Tusche (Feder, laviert) auf Papier
22,8 × 30,2 cm

75 Long Island
ca. 1954 Aquarell auf Papier
23,1 × 30,5 cm

76 Taxco
1955 Tusche (Feder, aquarelliert)
auf Papier 35,3 × 42,7 cm

77 Ohne Titel
1955 Tusche (Feder, aquarelliert)
auf Papier 35,3 × 41,8 cm

78 Taxco
1955 Tusche (Feder, aquarelliert)
auf Papier 35,3 × 42,7 cm

79 Taxco Mexico
Undatiert [vermutlich 1944, 1955 oder
1958] Tusche (Feder, aquarelliert)
auf Papier 35,6 × 27.5 cm

80 Ohne Titel
Undatiert Kohle auf Papier
22,7 × 30,5 cm

81 Ohne Titel
Undatiert [vermutlich 1953] Aquarell auf
Papier 37,3 × 50,6 cm

82 Place Bourbon – Rue de l'Université
[auf Rückseite Tagebucheintragungen
vom 26.–31. Dezember 1952] Undatiert
[vermutlich 1952/53] Tusche (Feder,
aquarelliert) auf Papier 30,3 × 21 cm

83 Paris '62 [Place Furstenberg, Blick aus dem Hotel Louisiane]
1962 Tusche (Feder, aquarelliert)
auf farbigem Papier 27,3 × 35 cm

84 Ohne Titel
Undatiert Tusche (Feder, laviert)
auf Papier 22,8 × 29,2 cm

85 View from 21 Rue du Bac 10.22.59
1959 Tusche (Feder, aquarelliert)
auf farbigem Papier 35 × 27,3 cm

86 Ohne Titel
1961 Tusche (Feder, aquarelliert) auf
Papier 35,5 × 42,2 cm

87 Palisades N.Y. – To Doris [Sanders?] from Rouen [?] with Love
1958 Tusche (Feder, aquarelliert)
auf Papier 28,7 × 22,7 cm

88 Ohne Titel
23. April 1961 Tusche (Feder) auf Papier
12,8 × 9,2 cm

89 Aldeburgh, Suffolk
1964 Tusche (Feder) auf Papier
22,8 × 30,3 cm

90 Suffolk [Earl Soham, Bridge Cottage, Wohnzimmer]
1964 Tusche (Feder, aquarelliert) auf
Papier 17,7 × 25,4 cm

91 Aldeburgh, Suffolk
1964 Tusche (Feder, aquarelliert) auf
Papier 30,3 × 22,8 cm

92 Daisy Cheyne after operation
Undatiert Tusche (Feder, aquarelliert)
auf Papier 27,5 × 35,6 cm

93 oben: Daisy Cheyne s'endort complètement
Undatiert Tusche (Feder, aquarelliert)
auf Papier 27,5 × 35,6 cm

93 unten: Are ye thinkin' on the end o' the World?
Undatiert Tusche (Feder, aquarelliert)
auf Papier 22,7 × 15,3 cm

94 From Santa Maria della Salute [Venedig]
Undatiert [vermutlich 1965] Tusche
(Feder, aquarelliert) auf Papier
19,8 × 30,4 cm

95 View from Pensione Seguso [Venedig]
Undatiert [vermutlich 1965] Tusche

(Feder, aquarelliert) auf Bütten
36,9 × 27 cm

96 S. Maria Elisabetta Lido-Alberoni! Spiaggia [Venedig]
Undatiert [vermutlich 1965] Tusche (Feder, laviert) auf Papier 19,8 × 30,4 cm

97 Ohne Titel [Venedig, San Marco]
Undatiert [vermutlich 1965] Tusche (Feder, laviert) auf Papier 19,8 × 30,4 cm

98 oben: Ohne Titel
Undatiert [vermutlich zwischen 1963 und 1969] Kohle auf Papier 34 × 47,5 cm

98 unten: Ohne Titel
Undatiert [vermutlich zwischen 1963 und 1969] Kohle auf Papier 47,5 × 34 cm

99 Ohne Titel [Suffolk?]
Undatiert [vermutlich zwischen 1963 und 1969] Kohle auf Papier 25,3 × 17,7 cm

100 Ohne Titel
Undatiert [vermutlich nach 1988] Tusche (Feder, laviert) auf Papier 19,8 × 15,3 cm

101 Ohne Titel
Undatiert Acryl auf kaschiertem Karton 40,5 × 30,4 cm

102 Ohne Titel [vermutlich Hammamet]
Undatiert [vermutlich 1966] Filzstift auf Papier 19,8 × 15 cm

103 Ohne Titel [vermutlich Hammamet]
Undatiert [vermutlich 1966] Filzstift auf Papier 15 × 19,8 cm

104 Jardin Ham. [vermutlich Hammamet]
Undatiert [vermutlich 1966] Filzstift auf Papier 19,8 × 15 cm

105 4 May '78 London
1978 Filzstift auf Papier 34,5 × 25,3 cm

106 Ohne Titel [vermutlich Sammy]
Undatiert [vermutlich 1965 oder 1966] Tusche (Feder, laviert) auf Papier 9,7 × 13,2 cm

Die verwendeten Titel der Zeichnungen stammen von Patricia Highsmith, die Datierungen, sofern nicht direkt auf den Zeichnungen vermerkt, basieren auf mündlichen Bestimmungen der Autorin wenige Wochen vor ihrem Tod. Angaben in eckigen Klammern vom Herausgeber.